EL SENDERO DE LOS MITOS

Textos:
Agustín, Silvia y Manuel Cerezales

Directora de la colección:
Norma Sturniolo

EL REGRESO DE
ULISES

ANAYA

EL SENDERO DE LOS MITOS

Los mitos han llegado hasta nosotros desde la noche de los tiempos: podríamos compararlos con los genes, que viajan a través de los siglos, combinándose, cambiando, pero sin perder nunca su mensaje esencial. Aunque hace mucho tiempo que la transmisión de los mitos dejó de ser oral, siguen viviendo, larvados, en nuestro lenguaje cotidiano. La lista de ejemplos sería interminable, especialmente en lo que se refiere a la mitología griega, esa constelación de héroes y divinidades que preside nuestra cultura, y cuya nómina podemos empezar a leer con sólo alzar los ojos hacia las estrellas: Venus, Sirio, Casiopea...

No es fácil contar un mito: de todos hay distintas versiones, a veces contradictorias. Nosotros hemos procurado ceñirnos a las más conocidas e identificables. Hemos intentado, también, que el vuelo de nuestra imaginación no deformara sus rasgos característicos; cosa en verdad difícil, a causa, precisamente, del poder que tienen de despertar esa facultad del alma...

¡Qué los dioses sean loados, si nuestros relatos sirven de estímulo para que nuestros actuales lectores se conviertan en futuros lectores de la literatura clásica!

Una noche, mientras la tempestad batía ferozmente las costas de Esqueria, la isla de los feacios, la princesa Nausícaa tuvo, en sueños, la premonición de que muy pronto habría de elegir esposo: era tiempo, en consecuencia, de preparar su ajuar. Llegada la mañana, y tras pedir permiso al rey Alcínoo, su padre, reunió a sus doncellas y mandó cargar un carro de mulas con todas sus ropas y vestimentas, con el que bajaron a los lavaderos, unas grandes pilas practicadas en la roca, en la desembocadura del río, junto a la playa.

Teniendo en cuenta la sorpresa que allí les esperaba, ¿quién duda de que no fue sino Atenea, la de los ojos de lechuza, la secreta y nocturna inspiradora de tal idea? Y luego, más tarde, cuando las jóvenes ya iban a marcharse, cumplido su cometido, ¿quién sino Atenea, la diosa de la sabiduría, pudo hacer volar más lejos de lo previsto, hasta los torbellinos del río, la pelota que una de las muchachas había lanzado? Porque aquel percance provocó los gritos excitados de todas... y aquellos gritos despertaron al hombre que, oculto tras unos arbustos, yacía exhausto en la arena.

Era un náufrago, un hombre completamente desnudo, magullado y sucio por el sarro del mar, que sin duda sintió tanto asombro al encontrarse con las jóvenes como ellas al verlo a él, cubriéndose como mejor podía con unos ramajes, y haciendo extraños gestos. Con la diferencia de que, mientras él dudaba si hablarles desde una distancia

3

respetuosa o correr a abrazar sus rodillas para implorar su ayuda, ellas salieron huyendo, asustadas... No así Nausícaa, que sintió dentro de sí una dulce, inesperada confianza, y le dirigió estas aladas palabras:

—¡Forastero! No sé quién eres ni cómo has llegado hasta aquí. Pero Zeus quiere que ayudemos a los pobres, a los extranjeros que llaman a nuestra puerta. Si lo que necesitas es un baño, aceite para tu piel, ropa y algo de comer, todo ello puedo ofrecértelo, y por amor a Zeus te lo ofrezco.

Cuando el extraño se presentó de nuevo antes las jóvenes, limpio, ungido de aceite y vestido con la hermosa túnica que Nausícaa le había prestado, parecía otro hombre. Las jóvenes dieron un suspiro de admiración: si en verdad era humano, había de ser un rey o un héroe, tal era la fuerza, la majestad que emanaba de toda su figura. Más bien parecía un dios. Sí, sin duda era un dios, que se había presentado ante ellas bajo aquel primer y desastrado aspecto, con el fin de poner a prueba la generosidad de sus corazones.

En cuanto a Nausícaa, cuanto más lo miraba, más hermoso y noble lo veía. Y si al principio le había inspirado piedad, ahora le inspiraba un sentimiento muy distinto: se preguntaba, cada vez más persuadida, si no sería el marido que había presentido en sueños, y en cuyo honor había preparado el ajuar.

Algo parecido sintieron y pensaron sus padres, Alcínoo y Arete, cuando lo vieron. Impresionados por su aspecto y por la dulzura y la cortesía de sus palabras, también ellos dudaron de si sería un hombre o un dios, cosa que él desmintió al punto:

—No soy un dios, es la generosidad de vuestros corazones lo que hace que os lo parezca. Soy un hombre, y quién sabe si habréis oído hablar de mí, pues alguna de mis desgracias habrá llegado a oído de los hombres, a quienes no veía, con quienes no hablaba, ay, desde hace siete años...

¿Quién era aquel hombre de aspecto divino? Por delicadeza, por sentido de la hospitalidad, los reyes feacios se abstuvieron de preguntárselo: él mismo declararía su identidad, cuando lo juzgara conveniente. Por lo pronto, lo importante era procurarle descanso

y honrarlo como sin duda alguna se merecía.

Al día siguiente, pues, dieron un banquete en su honor, al que acudieron todos los notables de la ciudad, y durante el cual Demódoco, el aedo, cantó diversas composiciones en alabanza de los dioses, y en especial de los héroes griegos que, diez años antes, habían conquistado Troya.

Todos notaron que aquellos cantos conmovían profundamente al invitado. Pero cuando llegó el turno a las hazañas del paciente Ulises, por cuya astucia había caído finalmente la ciudad de los troyanos y Helena había sido rescatada, esa emoción creció súbitamente, hasta el punto de que el extranjero tuvo que taparse los ojos, para que no le vieran las lágrimas.

Ante sus miradas interrogantes, no tuvo más remedio que admitirlo: sí, él era Ulises, también llamado Odiseo, hijo de Laertes, rey de Ítaca. Como todos sus compañeros, había emprendido el regreso a su reino al finalizar la guerra. Pero al contrario de ellos, que después habían vuelto a sus hogares, él, en cumplimiento de un castigo divino, no había tenido la dicha de abrazar de nuevo a su esposa, la bella Penélope, ni a su hijo, el valiente Telémaco.

Alcínoo ya le había ofrecido dos cosas antes de conocer su identidad: la mano de su propia hija, Nausícaa, o, si prefería seguir viaje, un navío con sus mejores marineros a bordo. Al saber quién era su huésped, cuyas hazañas conocía y tanto admiraba, le renovó ambos ofrecimientos.

—Difícilmente encontraría yo una joven más deseable, más hermosa y de mejor corazón que Nausícaa. Pero tengo jurado que regresaré a Ítaca, con Penélope, y un juramento es sagrado.

Nausícaa bajó los ojos, decepcionada, aunque comprendía que Ulises tenía razón. El buen Alcínoo asintió:

—Sí, los dioses se irritarían si violaras tu promesa. Mandaré, pues, aparejar un barco, que te llevará sano y salvo a Ítaca. Pero antes nos gustaría que nos contaras tus aventuras, en especial desde que saliste de Troya. ¡Desde entonces nunca más se supo de ti, y toda Grecia llora tu desaparición y se pregunta por tu suerte!

—Lo haré con mucho gusto. No hay mejor alivio de las penas pasadas que contárselas a quienes, como vosotros, dan muestras de tener un corazón piadoso. ¡Nunca olvidaré, oh feacios, la acogida que me habéis dado!

Y así, Ulises comenzó el relato de sus innumerables trabajos. Recordó primero cómo, tras haber sostenido una breve y victoriosa batalla en el país de los cícones, sus naves arribaron a la costa de los lotófagos, gente pacífica, que les recibió amigablemente, pero que recelaba un gran peligro. Y es que los lotófagos, como su nombre indica, eran comedores de loto, una planta que provoca el olvido, y que ellos, alegremente intoxicados, ofrecían a quienes desearan probarla. Tan fuertes eran los efectos de la droga, que Ulises tuvo que mandar prender

U L I S E S

y encerrar en las naves a aquellos de sus compañeros que la tomaron, sin hacer caso de sus lloros y gemidos, pues ya no querían saber nada de su antigua patria y familia, y su único deseo era permanecer allí...

La tercera tierra que visitaron fue el país de los cíclopes, seres descomunales, provistos de un solo ojo en medio de la frente, que en el pasado habían luchado contra Zeus y que ahora, degenerados, habían olvidado su antiguo oficio de herreros y vivían en cuevas sucias y pestilentes, como salvajes.

—Teníamos hambre —explicó Ulises—. De forma que elegí doce compañeros y, tras dejar al resto de la flota esperando en una isla próxima, fuimos a pedir comida. Al principio no vimos a nadie, por lo que entramos en una cueva cercana a la playa, en cuyo fondo había unos grandes establos donde encontramos unas cuantas cabras con sus cabritos, además de multitud de quesos.

Ya he dicho que teníamos hambre. De modo que, ni cortos ni perezosos, sacrificamos unos cabritos. No sabíamos que era la cueva de Polifemo, un cruel antropófago, hijo de Posidón, el dios del mar, y de la ninfa Toosa. ¡Imaginad el susto que

ULISES

nos llevamos, cuando llegó el cíclope, con el resto del rebaño, y cerró la entrada de la cueva con una piedra tan grande que ni veinte carretas de bueyes habrían logrado moverla!

Polifemo descargó un gran haz de leña, encendió un fuego y, al descubrirnos a mí y a mis compañeros, exclamó: «¡Oh forasteros! ¿Quiénes sois? ¿De dónde venís? ¿Sois acaso piratas?»

«Somos griegos a quienes los vientos extraviaron al salir de Troya —me adelanté—. Deseamos regresar a nuestra patria, y venimos a

suplicarte que, en honor a Zeus hospitalario, nos recibas cordialmente y nos regales algunas provisiones, con las que podamos proseguir nuestra ruta.»

Polifemo me miró con una torcida sonrisa, y respondió con su desagradable vozarrón, que hacía retumbar las paredes de la cueva: «¡Oh forastero! Me parece que eres un perfecto idiota, si piensas que yo haré nada en honor a Zeus. ¿Es que no sabes que los cíclopes somos sus enemigos?» Y, agarrando a dos de mis compañeros, los despachurró contra el suelo, y allí mismo se los comió, sin dejar ni siquiera los huesos, ante nuestro horror impotente.

Después, tras lanzar un grosero eructo, me preguntó cómo me llamaba. Yo tuve buen cuidado de no decirle la verdad.

«Me llamo Nadie, oh gran Polifemo, y había traído este odre de vino para que celebráramos juntos un sacrificio a los dioses...»

«¿Nadie? Ja, ja, ja —se rió el monstruo—. ¿Y tienes vino? Magnífico, trae para acá. Aquí no tenemos viñas, me sentará muy bien para hacer la digestión.»

Se apoderó del odre, bebió sin mesura, con lo que el alcohol no tardó en hacerle efecto, y empezó a quedarse dormido. Pero antes de caer redondo, todavía tuvo humor para prometerme que se comería a mis compañeros de dos en dos, y que a mí me haría el honor de dejarme para el final...

Ulises tenía el don de la palabra, y todos sus oyentes estaban en vilo; Nausícaa, sobre todo, estaba muerta de miedo:

—¿Cómo lograsteis salir?

No menos atento estaba el aedo Demódoco: pensaba componer un poema con aquellos relatos, y no quería perderse detalle.

—Mis compañeros propusieron matarlo clavándole una espada en los riñones y luego huir. Pero no teníamos fuerzas para mover la piedra de la entrada. Yo propuse reventar el único ojo de Polifemo con una estaca, y eso fue lo que hicimos. El gemido que lanzó al despertar nos heló la sangre, pero ya no podía hacernos nada, porque estaba irremediablemente ciego... A sus gritos, acudieron los cíclopes vecinos, preguntando: «¿Qué pasa, Polifemo, que chillas como un carnero degollado? ¿Quién te ha hecho daño?»

«Ha sido *Nadie* —gemía el muy simple—. *Nadie* me ha saltado el ojo, y por culpa de *Nadie* me he quedado ciego!» «Pues si nadie te ha hecho nada —le dijeron sus vecinos antes de marcharse—, será un castigo de los dioses. Procura no gritar tanto y llevarlo con un poco de paciencia, porque no nos dejas dormir...»

Al llegar a este punto del relato, todos los oyentes se echaron a reír.

—Yo también me reí —comentó Ulises—. Y más de la cuenta, como veréis. No entonces, sino a la mañana siguiente, cuando logramos escapar. Con Polifemo ciego, fue bastante sencillo: até los carneros de tres en tres, haciendo así nueve grupos, bajo los cuales escondí a mis compañeros, y yo me agarré a las guedejas del más grande de todos. Polifemo los fue dejando salir a pastar con cuidado, acariciándoles los lomos uno a uno,

y tapando el resto de la entrada para que no nos coláramos nosotros. ¡No podía imaginar lo que llevaban debajo!

En cuanto estuvimos un poco lejos, me solté del carnero, desaté a mis amigos y corrimos a la playa. Metimos cuantas ovejas pudimos en nuestro barco, y nos pusimos a remar hacia la isla donde nos esperaban las otras naves... Fue entonces cuando no pude contenerme, y grité: «¡Eh, Polifemo, sal de tu cueva, si te atreves! ¡Espero que hayas aprendido a tratar a los huéspedes!»

Polifemo, al oír aquello, salió furioso de la cueva y, guiándose por el sonido de mi voz, nos lanzó un peñasco que por poco acierta con el barco y nos hunde. Mis compañeros me rogaban que no siguiera provocándolo, pero yo volví a la carga, con ganas de divertirme:

«¡Cíclope, entérate! Si alguien te pregunta quién te estropeó el ojo, no digas que nadie, pues se reirán de ti. ¡Diles que fue Ulises, el hijo de Laertes, rey de Ítaca y vencedor de Troya!»

Fue entonces cuando Polifemo, rabioso, se acordó de su divino padre, Posidón, al que imploró con todas sus fuerzas: «¡Oh Posidón! Si en verdad soy tu hijo, no dejes que este agravio quede sin castigo. Haz que Ulises no regrese nunca a su patria, y que si regresa, sea tarde y mal, después de perder a todos sus compañeros, y se encuentre con nuevos problemas en su hogar.»

Desde entonces, Posidón me persigue implacablemente. Me ha hecho naufragar varias veces, la última de ellas en vuestra costa. Como quería Polifemo, y como ya os contaré, perdí a todos mis compañeros... ¡Y sé, por un oráculo, que a mi regreso tendré que luchar para recuperar a Penélope, pues mi casa está invadida por una multitud de insolentes pretendientes!

El relato de Ulises era largo, pues largos habían sido los años de fatigas y penalidades. Entre otras cosas, narró su estancia en Eolia, la isla de Eolo, el señor de los vientos, que le recibió amistosamente y le regaló incluso un odre de piel de buey lleno de vientos, indicándole cuáles debía usar para llegar a su reino. De hecho, aquella pudo haber sido su última aventura, pues gracias al odre su nave llegó hasta las proximidades de Ítaca, hasta el punto de que sus ojos pudieron contemplar el humo que salía de las chimeneas de su añorada ciudad, donde lo esperaban la dulce Penélope y su amado Telémaco. Pero el cansancio acumulado en la larga travesía le hizo quedarse dormido, momento que aprovecharon sus hombres para abrir el odre de Eolo, creyendo que contenía vino: los vientos se escaparon, se levantó una gran tormenta, y las naves se vieron arrastradas de nuevo hasta Eolia,

13

donde no fueron tan bien recibidos como antes. Eolo, en efecto, se negó a ayudarlos por segunda vez, aduciendo que no quería contrariar a los dioses, tan claramente hostiles a Ulises.

De nuevo a navegar bajo las negras nubes, y una vez más a enfrentarse con la desgracia, que les acechaba en la isla de los lestrigones, crueles antropófagos, como los cíclopes, que devoraron primero a los mensajeros y atacaron luego a la flota en la playa, destrozando todas las naves excepto la de Ulises, que logró salvarla en el último instante, cortando de un tajo las amarras.

Tras esa terrible pérdida, reducida su flota a un solo barco, Ulises llegó a la isla Eea, donde vivía Circe, la famosa hechicera hermana de Eetes, el rey de la Cólquide. Circe tenía la mala costumbre de transformar a cuantos marineros llegaban a su isla en cerdos u otros animales, y eso es lo que hizo con los compañeros de Ulises. Primero les daba a beber una droga mezclada con el vino, luego les tocaba con su varita mágica... y salían todos gruñendo, gorditos, sonrosados, y con la cola en tirabuzón. Pero Ulises no cayó en la trampa. El dios Hermes le había regalado una planta de raíz negra y flor blanca, llamada *moly*, que tenía el poder de anular los hechizos, y gracias a ella consiguió vencer a Circe, obligándola a desencantar a sus compañeros y a jurar que, a partir de entonces, no sólo no trataría de

engañarlo, sino que le ofrecería toda su ayuda...

—¿Era guapa Circe? —preguntó Nausícaa.

—Sí, mucho. Y me ofreció quedarme con ella para siempre, pues al final nos hicimos amigos. Pero sólo permanecí un año en su isla. Al cabo de ese tiempo, decidí ir a consultar al adivino Tiresias. Tiresias, como sabéis, está en el Hades, el reino de los muertos. Mis compañeros trataron de disuadirme, ya que hasta hoy no se sabía de nadie que hubiera entrado allí y regresado luego a la vida... pero yo necesitaba tener noticias de los míos y averiguar algo de mi destino. De modo que cruzamos el río Océano, que rodea toda la Tierra, y desembarcamos a orillas del Erebo, el negro río del país de Hades...

Circe les había entregado una oveja y un carnero negro, con la instrucción de sacrificarlos al llegar allí. Tras cumplir con el rito, Ulises pudo hablar con las ánimas de muchos héroes antiguos y de otros que él mismo había conocido en vida. El adivino Tiresias le pronosticó que tardaría todavía mucho tiempo en llegar a Ítaca, en donde le esperaban nuevas penalidades. Le

advirtió, también, que en el curso de sus viajes recalaría en la isla Trinacia, donde pacían las vacas sagradas del Sol. Si las respetaban, todo marcharía bien dentro de lo posible, pues no debía olvidar la ojeriza que le tenía Posidón por haber cegado a Polifemo. Pero, si mataban alguna de las vacas, todos sus compañeros perecerían, y él se quedaría solo en el mundo.

Después de hablar con Tiresias habló con los espectros de muchos otros difuntos, y en especial con el de su propia madre, Anticlea. Fue éste un encuentro muy emotivo: Ulises quiso abrazarla, pero ella era sólo una imagen, que se esfumaba en el aire cuando él pretendía estrecharla entre sus brazos.

Anticlea le dio noticias de los suyos, de cómo su hijo Telémaco era un joven fuerte y prudente, y de cómo Penélope aguantaba como podía el asedio de un sinfín de pretendientes, que se habían instalado en su palacio y le estaban esquilmando la hacienda.

—Penélope es muy lista —añadió Anticlea—. Todos le dicen que has muerto y que es inútil esperarte. Pero ella ha declarado que no elegirá nuevo marido hasta terminar la mortaja de tu padre, el viejo Laertes, que, por cierto, se ha retirado a vivir al campo. El truco está en que por las noches desteje lo que ha tejido durante el día, y de este modo la tela no avanza, con lo que estoy segura de que llegarás a tiempo.

Con lágrimas en los ojos, Ulises se despidió por fin de su madre. La idea de que Penélope tuviera que sufrir el asedio de tantos pretendientes le hacía hervir la sangre.

De regreso a Eea, Circe le felicitó por su hazaña:

—¡Pocos hombres podrán decir, como tú, que han visto la muerte dos veces, oh Ulises!

—Sí, y la verdad es que ahora le tengo menos miedo que nunca. Ya sé cómo es y, aunque no pueda decir que en el Hades reine la alegría, por lo menos sé que me esperan muchos amigos y familiares, a quienes añoro aquí en la tierra.

—Eres un valiente, Ulises. Ahora me alegro de que no me dejaras transformarte en cerdo. Espero que logres tus propósitos. Pero antes de marcharte, escucha mis consejos, que añadirás a los de Tiresias. Porque sé que pasaréis cerca de la Isla de las Sirenas y, conociéndote, sé que querrás saber cómo suena el canto de

esas bellísimas y diabólicas criaturas, que devoran sin compasión a cuantos marineros atraen con su música. Pues bien, hay una forma, escucha...

Y Circe le explicó lo que debía hacer al llegar a la Isla de las Sirenas, así como cuando le tocara pasar entre Escila y Caribdis, y le repitió lo que le había dicho Tiresias acerca de las vacas del Sol.

Demódoco escuchaba con los ojos cerrados, tratando de retener todo en su prodigiosa memoria. Nausícaa, por el contrario, escuchaba con los ojos abiertos, llena de admiración:

—¿Y llegaste a oír el canto de las sirenas?

Las sirenas eran unos seres mitad mujer mitad ave, cuyo melodioso canto servía para atraer a los barcos que pasaban cerca de su isla. Los barcos naufragaban al chocar con unas rocas ocultas, y entonces ellas

bajaban a devorar a los incautos marineros allí mismo en la playa, que estaba llena de huesos humanos. Todos los pueblos del mar habían oído hablar de su existencia.

—Sí, tuve esa suerte. Digo suerte, porque gracias a los consejos de Circe conseguí superar el peligro. En cuanto avistamos la isla, ordené a mis hombres que se taparan los oídos con cera, y que a mí me ataran al mástil del barco... ¿Que cómo era su canto? No sé, es muy difícil de describir. Algo extrañamente delicioso, como un suave y meloso licor que se deslizaba por los oídos, llegaba al corazón y despertaba en el alma mil imágenes de floridos prados y frescas fuentes donde reposar las fatigas del viaje. Además, las sirenas sabían halagar la vanidad: «¡Oh célebre Ulises —me decían—, gloria de los griegos! Detén la nave, acércate, y conocerás los más dulces placeres, pues ¿quién sino tú merece solazarse en nuestra hermosa isla y resarcirse con manjares y licores nunca vistos, al son de músicas nunca imaginadas?» Yo no podía más. Me parecía que era absolutamente preciso obedecer a aquella llamada, y que todo lo que contaban de aquellos seres angelicales era una

patraña. De modo que empecé a gritar y a ordenar a mis compañeros que me soltaran, amenazándolos con los más terribles castigos si no me obedecían. Pero ellos, afortunadamente, en vez de hacerme caso, me ataron todavía más fuerte...

La siguiente prueba que tuvieron que afrontar fue el paso entre Escila y Caribdis, dos enormes rocas a cuál más peligrosa. En una moraba Escila, horrible monstruo de seis cabezas de largos cuellos, que devoraba a dentelladas a todo aquel que pasara a su alcance. Lo malo era que no había más remedio que pasar cerca de Escila, ya que Caribdis, el monstruo de la otra roca, sorbía el agua y lo expulsaba con tanta violencia que no era posible resistírsele. Resultaba pues preferible que Escila devorara a unos cuantos a que Caribdis los engullera a todos, nave incluida.

El paso entre las dos rocas costó la vida de seis marineros. Escila los arrebató, y devoró al instante a cada uno con una de sus cabezas sin apenas darles tiempo a despedirse con lacerantes lamentos de sus amigos, que lo vieron todo sin poder hacer nada, excepto llorar.

—Todavía hoy, después de tantas desgracias como me han sucedido —dijo Ulises con lágrimas en los ojos— la imagen de mis seis compañeros entre las fauces de Escila es sin duda mi peor recuerdo, no puedo arrancármelo del alma.

Nausícaa se enjugó también una lágrima. Otros oyentes carraspeaban, tratando de ocultar su emoción. Llevaban horas escuchando a Ulises, pero nadie se movía del sitio.

—Después de aquello —prosiguió Ulises tras un momento de silencio— mis hombres empezaron a perder las esperanzas de regresar algún día a la patria. Yo trataba de animarlos, pero en vano. Y en ese estado de ánimo llegamos a la isla Trinacia, donde pacen las vacas del Sol. Les advertí: «Éstas son las vacas del Sol. Son sagradas, y por nada del mundo hay que tocarlas. Así me lo advirtió Tiresias, y me lo repitió Circe. El Sol es un dios poderoso que todo lo ve, y no nos libraríamos de su castigo.»

Prometieron que no tocarían las vacas, ante lo cual les permití desembarcar para descansar unos días. ¡Nunca debí hacerlo! En cuanto me despisté, el hambre venció a su lealtad, y sacrificaron varios de aquellos animales. La respuesta de Helio, el dios Sol, no se hizo esperar: fue a ver a Zeus y le amenazó con bajar al Hades y alumbrar a los muertos en vez de a los vivos, si sus vacas no eran vengadas. Zeus, para contentarlo, lanzó un rayo sobre nuestra nave cuando ya nos despedíamos de la isla, destrozándola. ¡Todos mis compañeros murieron ahogados, tal como había deseado Polifemo, y profetizado Tiresias! Sólo yo logré sobrevivir, agarrado al mástil, que encontré flotando entre las olas.

Agarrado a ese mástil, al dictado de las corrientes marinas, Ulises había arribado al cabo de nueve días a la isla Ogigia, donde reinaba la hermosa ninfa Calipso. Calipso vivía en una gruta profunda con varias salas, todas las cuales daban a jardines naturales, un bosque sagrado con grandes árboles y manantiales de agua dulce. La acompañaban otras ninfas, que se apresuraron a recoger al náufrago, a bañarlo y aplicarle salutíferos ungüentos, tan agradables a la piel como el aceite que le había dado Nausícaa al encontrarlo en la playa.

Calipso se enamoró del héroe, y Ulises vivió siete años con ella,

contr
descu
horiz
vuest
empe
el Eu
y el F
todos

Mientras Ulises iba oyendo estas noticias, sentía que la sangre le hervía en las venas. Estaba deseando enfrentarse a los pretendientes y darle a cada uno su merecido. Pero eran más de cien, y poco podía hacer un hombre solo contra ellos... ¡a menos que ese hombre fuera Ulises, y a la fuerza uniera la astucia!

A los pocos días regresó Telémaco, que se encontró con Ulises en casa de Eumeo, y que, como éste, le dispensó una acogida favorable pese a no reconocerlo bajo su apariencia de mendigo. Ulises le pidió permiso para ir a la ciudad.

—Estás en tu derecho, oh anciano. Ve cuando quieras a palacio, y pídeles comida a los pretendientes: como no es suya, no te la negarán.

Ulises no mantuvo mucho tiempo engañado a su hijo. Atenea le devolvió su verdadero aspecto durante un rato, para que Telémaco pudiera reconocerlo, y tras una emotiva escena, llena de suspiros y abrazos, Ulises le instruyó:

—Vuelve al palacio, y guarda todas las espadas y las lanzas en el cuarto de armas. Si te preguntan, di que te entristece verlas, porque te recuerdan a mí, a quien ya no

esperas recuperar nunca... Espérame allí, y no hagas nada aunque veas que me maltratan. Ya te avisaré, cuando llegue el momento.

Al día siguiente, Ulises se presentó en su palacio. A la puerta estaba Argos, el que había sido su perro favorito. Comido por las garrapatas, debilitado, nadie le hacía caso. Pero él no se movía de allí: llevaba muchos años esperando a su amo, y le reconoció al punto, pese al disfraz. Nada más verlo, empezó a mover la cola e hizo esfuerzos para levantarse y salir a su encuentro. Ulises se agachó y le acarició la cabeza, al tiempo que su fiel amigo expiraba: Argos moría, por fin, tras haber conseguido ver de nuevo a su amo. Eumeo se quedó un poco asombrado ante la reacción del perro, pero Ulises disimuló la lágrima que no había podido evitar, y pasaron adelante.

El aroma de los carneros asados llenaba el aire del patio. Cuando Ulises entró en la sala de banquetes, los pretendientes comían a dos carrillos, bebían y reían, mientras uno de ellos amenizaba la velada tocando la cítara. Todos fueron dándole algunos mendrugos de pan, excepto Antínoo. Antínoo era uno

Diseño y cubierta:
Manuel Estrada
Documentación gráfica:
Emma Arnáiz y Miriam Galaz

© Agustín, Silvia y Manuel
Cerezales, 1993
© Grupo Anaya, S. A., Madrid, 1993
Telémaco, 43. 28027 Madrid

1.ª edición, marzo 1993

ISBN: 84-207-4936-2
Depósito legal: M. 3.947/1993
Impreso en ORYMU, S. A.
Ruiz de Alda, 1
Polígono de la Estación. Pinto
(Madrid)
Impreso en España
Printed in Spain